UNE

PENDANT LA FRONDE

PAR

Mme J.-O. LAVERGNE

ABBEVILLE

TYPOGRAPHIE GUSTAVE RETAUX

90, CHAUSSÉE MARCADÉ, 90

1876

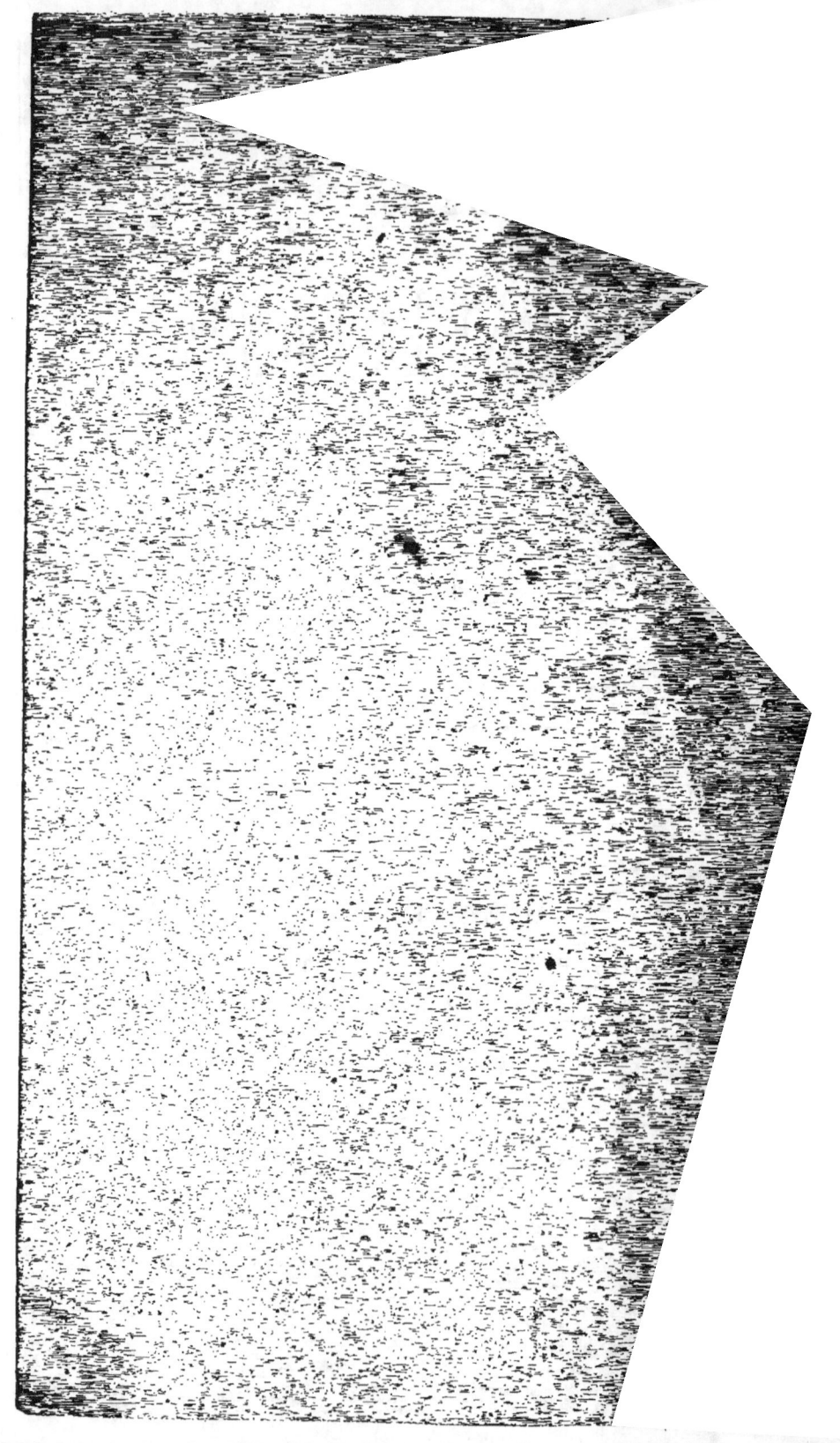

UNE

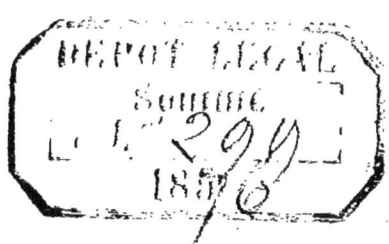

NUIT PENDANT LA FRONDE

PAR

M. J.-O. LAVERGNE

ABBEVILLE

TYPOGRAPHIE GUSTAVE RETAUX

90, CHAUSSÉE MARCADÉ, 90

—

1876

UNE

NUIT PENDANT LA FRONDE

Un malheur inconnu glisse parmi les hommes
Qui les rend ennemis du repos où nous sommes :
La plupart de leurs vœux tendent au changement,...
MALHERBE, *Ode à la Reine*.

I

AU COIN DU FEU.

C'était au mois de février 1650, à Pourville, petit port situé à une lieue de Dieppe, au pied de la haute falaise de Caude-Côte et à l'embouchure de la Scie. Il n'était encore que huit heures du soir, mais la marée étant basse, tout le monde dormait, selon l'usage des populations maritimes. Au bord de l'Océan, en effet, ce n'est pas le lever ni le coucher du soleil qui déter-

minent le temps du travail ou du repos,
c'est l'heure de la marée, et, cette heure
variant toujours, on voit souvent bien plus
de mouvement sur les ports en pleine nuit
qu'aux plus belles heures de la journée.

Or, ce soir-là, il n'y avait plus de lumière à Pourville que dans une seule
maison située près de l'église. Les fenêtres
du rez-de-chaussée étaient éclairées par la
double lueur d'un bon feu et d'une lampe
à trois becs suspendue à l'une des poutres
du plafond. Deux femmes allaient et ve-
naient dans cette grande cuisine et s'oc-
cupaient des apprêts du souper. Une
poule au pot mijotait doucement dans une
marmite suspendue à la crémaillère de la
haute et large cheminée. Des pommes
cuisaient dans un poëlon demi-sphérique
en terre vernissée, et une jatte, remplie
d'une pâte appétissante, et posée non loin
d'une poêle à frire, indiquait que la mé-
nagère projetait de faire des crêpes. Le
dressoir orné de faïences de Rouen et de

pots d'étain brillants comme de l'argent, la huche et l'armoire de chêne sculpté, la table garnie d'une nappe bien blanche et sur laquelle les servantes disposaient avec soin le couvert, tout annonçait dans cet intérieur rustique l'aisance et le bien-être.

Quand le couvert fut mis, la plus âgée des deux servantes prit sa quenouille, s'assit au coin du feu et se mit à filer. Elle avait quelque soixante ans, et sa figure brune et ridée n'annonçait pas précisément une humeur gracieuse. Ses vêtements de couleur foncée et sa haute coiffe blanche comme la neige étaient propres et tout unis.

La jeune fille qui l'aidait n'avait guère plus de vingt-deux ans. Elle était fort jolie, blonde et fraîche comme l'aurore. Sa robe grise, son fichu à fleurs, son bonnet en dentelle de Dieppe, son tablier bleu à bavette, sa croix d'ivoire attachée à un ruban de velours noir, étaient ajustés avec

tant de grâce et de propreté qu'elle sem-
blait tout endimanchée, quoiqu'en habits
de travail. Elle ouvrit la porte, regarda
sur le chemin et dit : « Je ne vois rien
venir, marraine : est-ce que monsieur le
curé rentre souvent aussi tard ? »

« Dieu merci, non, ma fille ! dit la
vieille servante, mais la ferme où il est
allé est tout à l'extrémité de la paroisse,
au petit Appeville. Le bonhomme Cré-
quier aurait bien dû se décider à deman-
der les derniers sacrements à une heure
plus commode. Je suis très-inquiète de
savoir monsieur le curé par les chemins
la nuit. Heureusement qu'il a le sacristain
avec lui. Jérôme n'est pas un foudre de
guerre, mais il est prudent, adroit, et il
sait jouer du bâton. »

« Y a-t-il des voleurs par ici ? » dit la
jeune fille.

« Non pas, que je sache, » reprit Nicole,
« mais on peut rencontrer un mauvais chien,
un mendiant mal appris, et puis, notre

curé n'est plus jeune. Il pourrait tomber, se blesser. Fait-il clair de lune, Suzon ? »

« Cela commence, » dit Suzon, et, prenant aussi sa quenouille, elle s'assit en face de sa marraine sous le manteau de la cheminée.

Elles restèrent quelques instants sans parler. Le tic-tac de l'horloge placée dans un coin, le bruit de la mer agitée par un fort vent de sud-ouest, rompaient seuls le silence de la nuit.

« Savez-vous que ce n'est pas gai ici, marraine, » dit Suzon. « Est-ce que vous n'avez pas peur, quelquefois, le soir ? »

« Si fait bien, » dit Nicole, « quand monsieur le curé est absent, je ne suis pas très-rassurée. Nous sommes trop près du cimetière ici, et plus d'une fois j'ai entendu des âmes en peine y gémir, pendant les nuits de tempête surtout. Et en vue de nos fenêtres, sur la falaise de Caude-Côte, il y a un pré où, pour rien au monde, je ne voudrais aller après le coucher du soleil. Les fées et les goblins viennent y danser, et, souvent, j'ai vu trembloter derrière la haie d'ajonc leurs lanternes bleuâtres. Sous l'arche du pont il y a, dit-on, un lutin qui se plaît à effrayer les voyageurs. Il tend sur le pont des cordes tressées avec du varech, à seule fin de faire tomber les gens qui passent. Une fois renversés, il les attire dans l'eau, ne les lâche plus et les roule jusqu'à la mer. Monsieur le curé dit que c'est un conte de bonnes femmes, mais les anciens du village y croient comme à l'Évangile, et moi qui te parle, Suzon, j'ai vu plus d'une fois sur le pont, le matin, des algues et du varech qui, pour sûr, n'étaient pas venus là tout seuls. D'ailleurs, tu sais le dicton du pays : *pour vivre en paix à Pourville, mieux vaut être filleul d'une fée que d'un évêque.* »

« J'aime mieux demeurer à Dieppe,» dit Suzon. « Là il n'est question ni de fées ni de lutins. Il y a bien le vaisseau fantôme du jour des Morts, mais cela regarde les marins, et moi, Dieu merci, je serai la femme d'un ivoirier. »

« C'est donc bien décidé, Suzon, » dit Nicole d'un air chagrin : « tu vas faire cette sottise, épouser un gars aussi jeune et aussi pauvre que toi. Tu ferais bien mieux d'apporter ici ton petit ménage et d'y amener ta mère. Ta mère m'aiderait, tu ferais tes dentelles près de moi. Monsieur le curé vous voit avec plaisir, et il sait bien que j'ai besoin d'aide. Tu vivrais ici sans souci, et, foi de chrétienne, je te laisserais tout mon bien. J'en ai plus que tu ne crois, Suzon. Au lieu de cela, si tu épouses Lubin, tu vas te mettre dans la misère. »

« Que non pas ! » dit la jeune fille. « Lubin est un habile compagnon. Il deviendra maître dans quelques années. Je ne crains pas le travail : depuis cinq ans je gagne ma vie et celle de ma mère. D'ailleurs, maman aime bien Lubin et m'approuve. J'espère que le bon Dieu ne nous aban-

1.

donnera pas. Vous-même, marraine, vous ferez bien quelque chose pour nous. »

« Pas grand'chose, » dit Nicole, « je ne veux pas me démunir. Si monsieur le curé meurt avant moi, il faudra bien que je m'arrange pour vivre chez moi, et ne pas aller à l'hospice. Charité bien ordonnée commence par soi-même. »

« C'est fort juste, » dit Suzon. Elle songeait cependant que, sans se gêner, la Nicole aurait bien pu lui assurer une petite dot. Celle-ci avait déjà hérité de deux curés qui lui avaient laissé l'un une petite maison, l'autre quelques rentes, mais la Nicole était extrêmement intéressée, et sa filleule le savait bien.

L'horloge de l'église et le coucou du presbytère sonnèrent en même temps neuf heures.

« Comme il est tard ! » dit Nicole. « Ah ! c'est ce maudit pont qui m'inquiète ! si j'avais quelqu'un de hardi sous la main, j'enverrais y mettre une lanterne et jeter de l'eau bénite. Qui sait si le lutin n'a pas déjà tendu ses cordes ! »

« Voulez-vous que j'y aille? » dit Suzon; « c'est à deux pas, et je n'ai pas peur des lutins. »

« Tu es une brave fille, Suzon ! » dit Nicole. « Vas-y, mon enfant, cela me rassurera bien. »

Elle lui donna une lanterne, un peu d'eau bénite dans un petit pot, et Suzon, ayant mis sa mante de futaine rayée, s'achemina vers le vieux pont jeté sur la Scie, à deux cents pas du presbytère.

II

LE PONT ROMPU.

Le temps était doux pour la saison. La fonte des neiges avait grossi la rivière et le pont était en si mauvais état que Suzon pensa que les lacets tendus par le lutin seraient superflus, et que les ornières qui défonçaient le chemin, étaient plus que

suffisantes pour faire tomber les passants.
Les parapets, grossièrement construits en
terre et en galets, étaient à demi détruits,
et au milieu du pont, un trou laissait voir,
à travers la voûte effondrée, l'eau rapide
et boueuse de la rivière.

Suzon s'avança bravement sur ce pont
dangereux, y jeta l'eau bénite, et posa
sa lanterne sur le reste du parapet, à deux
pas du trou béant. Elle allait retourner
à la cure lorsqu'une voix bien connue
prononça son nom à quelques pas d'elle,
et qu'un jeune homme, vêtu d'une vareuse
bleue et coiffé d'un bonnet de laine, parut
sur le pont, du côté de Dieppe.

« Lubin ! » s'écria-t-elle. « Et quel vent
vous amène si tard à Pourville ? Est-ce que
ma mère est malade ? »

« Non point, » dit Lubin ; « mais c'est
elle qui m'envoie, à seule fin de vous dire
qu'il ne faut pas que vous reveniez à Dieppe
demain matin avec le messager, comme
c'était convenu. C'est la maman qui vien-

dra vous rejoindre. Il va y avoir du gra-
buge à Dieppe. Ne vous étonnez pas si
vous entendez le canon. »

« Miséricorde ! » s'écria Suzon. « Et qu'y
a-t-il donc ? Les Anglais ont-ils déclaré la
guerre ? »

« Ah ! » dit Lubin, « c'est bien autre
chose. Madame de Longueville est au château avec je ne sais combien de gentilshommes plus fringants et plus fanfarons les uns
que les autres. Elle veut fermer les portes
de Dieppe à l'armée du roi qui s'avance,
commandée par M. du Plessis-Bellière, et
se fortifier dans le château. Monsieur le
gouverneur ne s'en soucie guère, mais
madame la duchesse est si intrigante
qu'elle viendra bien à bout de le per-
suader. Jour et nuit depuis dimanche
c'est comme une procession sur la montée
du château. Madame de Longueville fait
venir tous les syndics des corporations,
tous les riches bourgeois de Dieppe, les
chefs de la milice, et cherche à les enjôler.

2

Ça va chauffer, et le plus prudent est de tirer son épingle du jeu. Mais que faisiez-vous sur ce pont à une heure pareille, mamselle Suzon ? »

Suzon le lui dit, et Lubin ayant manifesté l'intention de l'accompagner à la cure, elle le pria de n'en rien faire. « Ma marraine, » dit-elle, « est sévère et soupçonneuse comme tout, si elle vous voit elle pensera que je vous ai donné rendez-vous. Allez à l'auberge, et demain matin vous viendrez nous conter les nouvelles. Adieu, Lubin. »

« Que vous êtes méchante ! » dit Lubin. « Laissez-moi vous conduire un bout de chemin, au moins. Puis j'irai au-devant de monsieur le curé et je rentrerai avec lui. »

« Ça, c'est une bonne idée, » dit Suzon, « mais expliquez-moi donc comment madame de Longueville, qui est cousine du roi, veut refuser aux troupes de Sa Majesté l'entrée du château de Dieppe. »

« Ça, » dit Lubin, « c'est rapport au cardinal Mazarin, et je n'y comprends rien du tout. Ce qui est certain, c'est que toute la ville est en l'air. On bat le tambour par les rues et personne ne se couche. Il y a des feux allumés sur la grande place pour éclairer la milice que M. de Montigny passe en revue. On sonne de la trompette, les femmes crient, les enfants pleurent. C'est une confusion où une vache ne reconnaîtrait pas son veau. Je suis bien content que vous soyez en sûreté à Pourville, mamselle Suzon. Je voulais amener la maman ce soir, mais elle m'a dit que pour un royaume elle ne passerait pas à Caude-Côte la nuit ; mais nous voici arrivés. A tout à l'heure, Suzon. »

Il voulut l'embrasser. En fille sage et bien apprise, elle lui donna un bon soufflet, et Lubin, tout penaud, reprit le chemin du pont, tandis qu'elle rentrait au presbytère, à la grande joie de Nicole, qui commençait à s'inquiéter du retard de la jeune fille.

Le vent fraîchissait et de gros nuages passaient rapidement devant la lune. La lanterne posée sur le pont guidait Lubin. Il marchait lentement, écoutant si quelque bruit lointain ne lui annonçait pas l'arrivée du curé, mais le murmure des flots et le gémissement du vent dans les ajoncs des falaises parvenaient seuls à son oreille.

Quelques gouttes de pluie tombèrent. « Voirement, » se dit Lubin, « je serais plus à mon aise au coin du feu de la cure, et j'ai bien envie d'y aller tout de go. »

Et il allait rebrousser chemin, lorsqu'un spectacle inattendu frappa ses regards.

Dans le chemin en zigzag qui descend de la falaise de Caude-Côte il aperçut plusieurs cavaliers portant des torches et escortant un carrosse attelé de quatre chevaux. Toute cette troupe allait au pas et descendait avec précaution le chemin défoncé et rempli de pierres roulantes.

Lubin se signa. « La maman a raison, se dit-il : voilà les sorcières de Caude-Côte qui vont au sabbat. Ce ne sont pas des chrétiens qui se risqueraient la nuit dans un pareil casse-cou. Mais pourtant j'entends le bruit des fers des chevaux. Si c'étaient des fantômes, ils ne feraient pas ainsi jaillir les étincelles des cailloux. Ils vont arriver au pont. Ce serait charité de les avertir de l'état où il est. Si j'y allais ? »

Pendant que le prudent Normand délibérait ainsi avec lui-même, une forte rafale de vent s'engouffra dans la vallée. La lanterne tomba et s'éteignit. Les cavaliers arrivèrent au pont et le franchirent sans accident, mais quand le lourd carrosse y passa ce fut autre chose. La moitié du pont s'écroula, le timon se rompit, et la voiture, versant à demi dans la rivière, se remplit d'eau jusqu'au niveau des banquettes. On entendit quelques cris de femmes, et les cavaliers, mettant pied à terre, se hâtèrent d'opérer le sauvetage. Lubin courut à leur aide, et, en un instant, les deux dames qui étaient dans le

2.

carrosse en furent retirées fort mouillées
et à demi mortes de frayeur. L'une d'elles
cependant se remit promptement, et d'un
ton d'autorité demanda : « Où sommes-
nous, Messieurs ? N'y a-t-il pas près d'ici
quelque château où nous pourrions être
reçus ? »

« Vous êtes à Pourville, Madame, » dit
Lubin. « La cure est à deux pas et vous y
trouverez bon feu et bon accueil. »

« C'est bien, » dit la dame. « Monsieur de
Saint-Ybar, à tout prix, faites remettre le
carrosse en état. Je vais aller me sécher
à la cure : suivez-moi, mademoiselle de
Lobel. » Et, relevant résolument sa longue
jupe de soie alourdie par l'eau, elle dit à
Lubin :

« Donnez-moi la main, mon garçon, et
conduisez-moi à la cure. Vous m'y rejoin-
drez, Messieurs, mais, avant tout, occupez-
vous de la voiture et donnez une torche
à mon guide. »

« La voici, » dit M. de Saint-Ybar, « mais

je ne laisserai pas Votre Altesse sous la garde d'un inconnu. Permettez-moi de vous accompagner. »

Ils sè mirent en marche et en cinq minutes arrivèrent au presbytère de Pourville.

III

LE SOUPER.

Grand fut l'étonnement de Nicole et de Suzon en voyant arriver l'étrange cortége. Lubin se hâta de conter l'aventure, et la dame, s'approchant du feu toute frissonnante, ordonna à Suzon d'y jeter une douzaine de fagots.

« Hé, doucement! » s'écria Nicole. « Comme vous y allez ! Croyez-vous donc que le bois soit pour rien à Pourville ? Attendez au moins que j'enlève le souper de monsieur le curé ! »

Elle se hâta de mettre les vivres en sûreté, et Suzon fit un feu capable de rôtir un bœuf. La dame et sa suivante grelot-

3

taient. « Vous aurez beau faire, Madame, »
dit Suzon, « vous ne pourrez pas vous sécher comme cela. Il faut changer d'habits.
Ma marraine et moi nous allons vous en
donner. N'est-ce pas, marraine ? »

« Il le faut bien, » dit Nicole ; « emmène
ces dames là-haut : voici ma clef, tu
trouveras dans l'armoire mes habits du
dimanche. »

« J'avais heureusement apporté les miens
pour la Chandeleur, » dit Suzon. « Ils iront
à madame comme un gant. »

Et prenant une lumière elle emmena
les deux voyageuses au premier et unique
étage de la cure. « Ah ça ! » dit Nicole à
Lubin en regardant de travers l'élégant
Saint-Ybar qui, s'approchant de la table, se
versait sans façon un bon verre de cidre,
« dites-moi, mon gars, par quel hasard
vous arrivez ici en si grande compagnie,
et qui est cette belle madame trempée
comme une soupe, qui a des airs de
reine, et s'installe ici sans dire gare ? »

« Chut! » dit Lubin, « c'est une très-grande dame, mais il vaut mieux pour vous que vous ignoriez son nom, rapport au cardinal Mazarin. Recevez-la bien : elle s'en ira dans une couple d'heures, et, si on vous interroge, vous pourrez dire que vous avez donné l'hospitalité comme une bonne chrétienne le doit, mais sans savoir à qui. Et voilà ! monsieur le curé vous en dira plus long, s'il le veut. »

« Hélas! le pauvre cher homme! » s'écria Nicole, « comment passera-t-il ce pont rompu ? »

« Il y trouvera plus de quinze hommes de bonne volonté pour l'aider, » dit Lubin ; « tous les domestiques de la dame sont par là autour qui radoubent le carrosse. La partie qui reste de ce pont de malheur est encore suffisante pour le passage d'un piéton. D'ailleurs je vais y aller voir. »

« Courez-y, mon bon Lubin, » dit Nicole, « mais buvez un coup d'abord. »

« Grand merci, à votre santé ! » dit Lubin.
Et il partit.

« N'auriez-vous pas un fauteuil, ma
bonne femme ? » dit M. de Saint-Ybar.

« Il n'y en a qu'un céans, Monsieur, » dit
Nicole. « C'est celui de monsieur le curé,
et il est dans sa chambre. »

« Allez le chercher vitement, » dit le
jeune gentilhomme, « et tâchez de trouver
aussi un tapis, des coussins et un escabeau
pour faire asseoir madame la duchesse. »

Sans oser répliquer, mais fort scandalisée
du sans-gêne de l'étranger, la vieille servante alla quérir les objets demandés et
les plaça devant le feu.

« C'est bien, » dit Saint-Ybar. « Le couvert est mis, à ce que je vois. Voyez ce que
vous pourriez ajouter au souper. »

« Ouais ! » fit Nicole. « C'est le souper de
monsieur le curé ! Est-ce que votre belle
madame va le manger ? »

« Je l'espère bien, » dit le gentilhomme.
« Son Altesse n'a rien pris de la journée,

tant elle a eu d'affaires. Voyons, la bonne femme, faites-nous des grillades. Je vois que vous ne manquéz pas de lard. »

Et, de la pointe de son épée, il décrocha prestement un jambon pendu dans la cheminée.

« Avez-vous des œufs ? » dit-il, « n'auriez-vous pas de meilleur cidre que celui que j'ai bu ? Madame la duchesse mange peu et ne boit que de l'eau, mais d'ici à une heure vous aurez à héberger une douzaine d'hommes de bon appétit; allons, ruez-vous en cuisine, la bonne femme, et mettez tout par les écuelles. »

« C'est aisé à dire, Monsieur, » fit Nicole, de plus en plus vexée, « mais je ne suis pas la maîtresse ici, et nous ne sommes pas une auberge. Et qui paiera les pots cassés, s'il y en a ? »

« Ne vous inquiétez de rien ! » fit Saint-Ybar en lui mettant un louis dans la main, « mais faites-nous à souper. »

La vue de l'or transforma tout à fait

3.

l'humeur de la servante. Elle saisit la poële, et en peu d'instants l'odeur des grillades de jambon se répandit dans la cuisine. Puis elle se mit à faire des crêpes ; Saint-Ybar voulut l'aider, et il tenait la queue de la poële lorsque les voyageuses, ayant changé d'habits, revinrent dans la cuisine.

« A merveille ! » dit la dame, « je vois que mon fidèle chevalier m'est dévoué non-seulement jusqu'à la bourse et l'épée, mais jusqu'à la poële à frire. Vous avez fort bonne grâce à faire sauter les crêpes, monsieur de Saint-Ybar. Comment me trouvez-vous avec mon bonnet cauchois ? »

« Plus belle que le jour ! » s'écria Saint-Ybar. « Il ne vous faudrait que paraître un instant au Louvre avec cette coiffure pour que toutes les dames de la cour et la Reine elle-même s'empressent de l'adopter. Mais, Madame, si je me suis fait cuisinier ce soir, c'est afin de vous décider à souper. »

« Eh ! j'y consens volontiers, » dit la duchesse. « J'ai vraiment bon appétit. Et

voilà le couvert mis pour quatre. Je vais
souper avec vous, mademoiselle de Lobel
et la jolie fille qui m'a prêté ses habits. Ce
n'est pas le moment de faire de l'étiquette.
Allons, ma bonne femme, servez-nous s'il
vous plaît. »

Et la princesse, dont l'air altier et gra-
cieux à la fois contrastait avec les vêtements plébéiens, se mit à table. A sa
droite s'assit Saint-Ybar et à sa gauche
mademoiselle de Lobel tout embéguinée
des coiffes de Nicole. Son air transi et dé-
concerté sous ses vêtements d'emprunt
contrastait avec l'aisance et la belle
humeur de M. de Saint-Ybar qui se mit à
servir la duchesse et à vanter les mérites
du souper improvisé.

Suzon refusa modestement de s'asseoir à
table sous prétexte qu'elle devait se hâter
de faire sécher les habits de la duchesse
et de la demoiselle. Elle étendit devant le
feu la robe de damas bleu et tous ses
accessoires, et apprêta des fers pour repas-

3..

ser les coiffes et la fraise de dentelle
que l'humidité avait complétement défor-
mées.

Quant à Nicole, elle servait de son mieux
les convives et prêtait une oreille attentive
à leur conversation. Elle n'y comprit bien
qu'une chose, c'est que la duchesse voulait aller en Hollande et craignait d'en être
empêchée par les émissaires du cardinal
qui surveillaient les côtes, et avaient ga-
gné à prix d'or tous les capitaines de
vaisseaux marchands depuis le Tréport
jusqu'au Hâvre.

S'adressant tout à coup à Nicole, la duchesse lui demanda si elle connaissait à
Pourville un patron de barque capable de
l'emmener en Hollande. « Je lui donnerais
cinq cents écus pour cela, et plus s'il le
faut. »

« Cinq cents écus sont un joli denier,
Madame, » dit Nicole, « et nous avons ici
d'excellents marins, mais leurs barques
non pontées, et à chaque instant envahies

par les lames, ne sauraient vous convenir.
Il faut être endurci comme le sont nos
marins pour naviguer là-dedans. Ce n'est
qu'à Dieppe ou à Saint-Valery que vous
trouverez ce qu'il vous faut. »

« Vous l'entendez, Madame, » dit Saint-
Ybar. « Je ne le fais pas dire à cette bonne
femme. Croyez-moi, dès que votre voiture
sera prête, allons à Varangeville, chez ma
cousine, madame d'Ailly. Aussitôt après
l'accident du pont, je lui ai envoyé un
exprès. Elle vous attend. Une fois arrivée
chez elle vous pourrez aviser aux moyens
de passer en Hollande, où vous y resterez
cachée tant qu'il vous plaira. Madame
d'Ailly habite le manoir d'Ango : c'est une
grande maison qui contient force cachettes
et appartements secrets. Il y a aussi un
souterrain comme celui du château de
Dieppe, et qui conduit au bord de la mer.
C'est un vrai château de roman, fait pour
une princesse fugitive. »

« Je veux y aller, » dit la duchesse, « mais,

je vous en prie, allez voir où en est mon infortuné carrosse. »

« Voici Tracy qui va nous le dire, » dit Saint-Ybar.

M. de Tracy, jeune frondeur des plus braves et des plus élégants, entrait en effet. Il salua la duchesse avec toute la grâce d'un courtisan accompli, sans paraître le moins du monde s'apercevoir de son travestissement.

« Hé bien, Monsieur, » dit-elle, « quelles nouvelles? Quand partons-nous ? »

« Hélas, Madame, » dit Tracy, « le timon est rompu ; il n'y a pas de charron à Pourville, et le charpentier que nous avons réveillé à grand'peine est en train d'ajuster un bout de mat avec force cordages pour remplacer le timon. Mais la voiture a encore d'autres avaries, et il faudra bien six à sept heures de travail pour la réparer. »

« Voilà qui est fort malheureux, » dit la duchesse en pâlissant. « Si les Dieppois, ces

misérables mazarins, me viennent pour-
suivre ici, que ferons-nous? »

« Rassurez-vous, Madame, » dit Tracy.
«Personne à Dieppe ne connaît votre départ
à l'heure qu'il est. On s'en apercevra tout
au plus demain si quelqu'un demande à
vous voir dans la matinée. Mais alors nous
serons loin d'ici. Si j'osais vous donner un
conseil, Madame, je vous engagerais à
vous mettre sur un lit. Vous êtes extrêmement fatiguée, essayez de dormir, nous
ferons bonne garde. »

« M. de Tracy a bien raison, Madame, »
dit la pauvre Lobel qui n'avait pas pu
manger, tant elle était lasse. « Allons dormir. Nous serons d'autant mieux en état de
fuir demain matin. »

« Je vais vitement mettre des draps
blancs à mon lit, » dit Suzon en décrochant
une énorme bassinoire et la remplissant
de braise. « Venez, Madame, vous êtes si
pâle que vous faites pitié. »

Et la bonne fille quitta la cuisine en di-

sant à Nicole : « Qui m'aurait dit, marraine,
que je prêterais ce soir mon lit à une cousine du Roi ! »

La duchesse se leva, et donnant sa main
à baiser aux deux gentilshommes, prit
congé d'eux, et, appuyée au bras de sa
suivante, rejoignit Suzon dans la chambre
d'en haut.

A peine était-elle sortie que le bon curé
escorté par le sacristain, Lubin et quelques
domestiques de la duchesse, arriva tout
ému. Nicole voulait le faire mettre à table,
mais il dit qu'il avait soupé chez les Cré-
quier, et ne s'occupa qu'à héberger ses
hôtes. Tracy et Saint-Ybar, charmés de son
bon accueil, lui confièrent toutes leurs
inquiétudes. Le curé les engagea à faire
bonne garde du côté de Dieppe, et les
assura que dans Pourville personne ne
dénoncerait l'asile de la duchesse fugitive.
« Pas un de mes paroissiens », dit-il, « ne
voudrait nuire à mes hôtes, quels qu'ils
fussent. Madame la duchesse peut dormir

en paix. Mais vous ferez bien de ne pas perdre de vue le charpentier et de le bien stimuler, car il est très-lent. Je vous engage aussi à envoyer chercher le charron d'Appeville : il aidera et guidera notre charpentier. »

Les deux gentilshommes remercièrent le curé et, ne voulant pas abuser de son hospitalité, emmenèrent leur suite chez le charpentier dont la maison était à mi-chemin du pont. La femme du charpentier avait allumé un bon feu, et bientôt, tandis que l'on travaillait à réparer le carrosse, Tracy, Saint-Ybar et toute l'escorte, attablés chez leur hôtesse, charmèrent les ennuis de la veillée en buvant du cidre et en mangeant des beignets et des grillades. Lubin déclara qu'il voulait dormir et s'alla coucher dans la grange. Le sacristain rentra chez lui, et le curé, voyant que minuit n'était pas encore sonné et qu'il aurait le temps de faire un bon somme avant l'heure de la messe, se retira dans sa chambre.

«Enfin,» se dit Suzon, « les voilà partis !
je vais pouvoir faire ma besogne. »

Elle attisa le feu, versa de l'huile dans
la lampe, étendit une couverture de laine
sur la table et se mit en devoir de repas-
ser les vêtements de la duchesse et de sa
suivante.

Nicole essaya de l'aider, mais la pauvre
vieille tombait de sommeil.

« Allez dormir aussi, marraine, » dit Suzon, « j'aurai fini dans une petite heure,
et alors je dormirai sur le fauteuil de
monsieur le curé. »

« Bonsoir, Suzon, » dit Nicole, « hélas !
quelle nuit agitée ! pourvu qu'elle se passe
sans malheur ! »

Et elle alla se coucher.

IV

LES RODEURS DE NUIT.

Or, pendant ce temps, trois cavaliers de
l'armée royale, détachés en éclaireurs,

cheminaient vers Pourville par la route d'Appeville.

« Y a-t-il une bonne auberge à Pourville, Jacquin ? » dit l'un d'eux, grand gaillard d'une force herculéenne.

« Il n'y a qu'un méchant cabaret, » dit Jacquin, « mais le curé est un brave et digne homme, très-hospitalier. Il nous recevra pour l'amour de Sa Majesté le Roi. Seulement, il ne faudra pas aller frapper à sa porte avant le lever du soleil. Sa vieille servante n'oserait ouvrir. Nous pourrons d'abord entrer au cabaret. »

« Oui-dà ! » fit le troisième soldat, « mais ne devons-nous pas avant tout porter au capitaine du port les ordres de notre commandant ? »

« Pas avant d'avoir bu un coup de piot, » reprit le grand Landry. « Je suis à sec depuis trop longtemps. Nous aurons un siége à entreprendre demain, et il faut se tenir en bon état et se ravitailler par précaution. »

« Vous croyez donc, sergent, qu'il faudra assiéger Dieppe ? » dit Jacquin.

« C'est fort probable, » dit Landry, « madame de Longueville est au château, et le gouverneur est domestique de son mari. Elle fera de lui tout ce qu'elle voudra, et le château commande si bien la ville que les Dieppois n'auront garde de branler. La duchesse tiendra bon afin d'obtenir l'élargissement de monsieur le prince et du duc de Longueville, qui s'ennuient fort à Vincennes. »

« Diable ! » fit Jacquin. « Il faudra donc que je tire sur Dieppe, moi qui en suis, et qui ai dans la ville père, mère, frères et sœurs. Ça n'est pas gai, la guerre civile ! — Si je tenais cette duchesse de malheur, je la mènerais bon train au cardinal, je vous le jure. »

« Et tu ferais bien, » dit le sergent. « N'est-ce pas une honte qu'une princesse du sang soulève le peuple contre son roi ? »

« Mais, » dit timidement Hubert, l'autre

cavalier, « ce n'est pas au roi qu'elle en veut, c'est au cardinal. »

« Chansons ! » s'écria Landry, « si elle était bonne sujette elle se soumettrait au cardinal pour l'amour du roi et de la reine. Qui m'aime aime mon chien, dit le proverbe, mais, chut ! J'entends le pas d'un cheval. Halte ! »

Ils se rangèrent de front de manière à barrer le chemin.

Un cavalier qui venait de Pourville s'approchait en effet. Dès qu'il aperçut les soldats il s'arrêta tremblant de tous ses membres.

« Qui vive ? » dit Landry en armant son pistolet.

« Ami, ami ! » dit le cavalier d'une voix étranglée par la peur.

« Ami de qui ? morbleu ! » reprit Landry.

« Ami de tout le monde, capitaine, » dit le pauvre garçon. « Je ne suis qu'un laquais ; je vais au petit Appeville faire une commission. »

« Quelle commission ? réponds, ou tu es mort ! »

« Je vais chercher le charron pour réparer le carrosse de madame la duchesse. »

« Quelle duchesse ? »

« Madame de Longueville, Monsieur, son carrosse s'est rompu il y a deux heures sur le pont de Pourville. »

« Tu mens ! » s'écria Landry. « La duchesse est à Dieppe. Coupons les oreilles à ce maroufle ! »

Et, poussant son cheval contre le valet, il saisit celui-ci au collet et le secoua d'importance.

« Grâce ! grâce ! » s'écria le laquais. » Je vous ai dit l'exacte vérité, Monsieur. Madame la duchesse s'est sauvée cette nuit du château de Dieppe par les souterrains. Le carrosse de M. de Tracy l'attendait à mi-chemin de Pourville. Elle y est maintenant, chez le curé, et on répare la voiture pour emmener Madame je ne sais où. »

« C'est bien ! » dit Landry. « L'escorte de madame la duchesse est-elle nombreuse? »

« Quinze hommes, tout au plus, Monsieur, en comptant MM. de Tracy et de Saint-Ybar. »

« Nous irons les aider, » dit Landry. « Va, mon garçon, cours chercher le charron. Je suis fâché de t'avoir malmené, je te prenais pour un mazarin ; va, détale ! »

Et, tournant du côté d'Appeville la tête du cheval du valet, il lui donna un si vigoureux coup de cravache que l'animal partit au galop.

« A présent, camarades, » dit Landry, « nous avons un beau coup à faire. Il faut enlever la duchesse ! »

« Merci, » fit Hubert, « trois contre quinze ! Ça vous plaît à dire, sergent ! »

« La ruse supplée au nombre, » dit Landry, « obéissez-moi et je réponds du succès. Jacquin, tu connais le pays. Conduis-nous à Pourville sans que nous passions au pont.»

« Alors, » dit Jacquin, « il faut franchir le gué, et remonter le long de la rivière ; le gué est à une enfléchure d'ici. »

« En avant ! » dit Landry. « Hardi, camarades ! une fois le coup fait nous prendrons la route de Saint-Valery, et nous y mettrons notre captive en sûreté. »

« Ne dirait-on pas qu'il tient déjà la princesse ? » dit Hubert.

Ils arrivèrent au gué, le franchirent sans accident, et, coupant à travers les prés, allèrent s'embusquer derrière l'église de Pourville, sans avoir rencontré personne.

V

DOUBLE MÉPRISE.

Restée seule Suzon avait rapidement terminé sa besogne. Elle s'assit dans le fauteuil du curé et essaya de dormir, mais le sommeil ne vint pas. Elle voulut filer ; sa quenouille n'avait plus de lin. L'inquiétude la tenait éveillée. Elle se mit à penser à la singulière aventure qui la rendait en ce moment gardienne d'une grande princesse en rébellion contre le roi.

« Qu'elle est charmante ! » se disait-elle. « Qu'elle était donc belle avec mes habits du dimanche ! Je voudrais bien savoir quelle mine j'aurais avec les siens. »

Et, presque sans y penser, Suzon ôta sa robe de sergé et passa celle de la princesse, puis elle mit le collet de dentelle, les manchettes, et, ôtant son bonnet, rendit la liberté aux boucles blondes de sa belle chevelure. Puis, allumant deux chandelles, la jeune Suzon se regarda dans un chaudron de cuivre, dans un petit miroir, dans un grand plat d'étain, et se trouva ce qu'elle était, bien jolie, presqu'aussi belle que la belle duchesse aux yeux bleus.

Et Suzon mit aussi le manteau fourré d'hermine, le masque de taffetas noir, le chapeau de feutre orné d'une longue plume blanche.

Elle achevait de se travestir ainsi lorsqu'un coup discret, frappé à la porte, la fit tressaillir. Elle s'approcha de la porte et demanda naïvement : « Qui est là ? est-ce vous, Lubin ? »

« Oui, ma mie. Ouvrez-moi, » dit une voix adoucie.

Elle ouvrit, la pauvre Suzon, croyant bien ébahir son fiancé, mais ce n'était point Lubin. Le grand gaillard qui se trouva devant elle, jetant un rapide coup d'œil dans la cuisine et se voyant seul avec cette belle dame, la saisit, lui couvrit la bouche d'un mouchoir, et l'emporta comme il eût fait d'un enfant.

A quelques pas deux cavaliers l'attendaient, tenant son cheval en laisse : sans lâcher Suzon, le grand gaillard sauta en selle, et piquant leurs chevaux, les trois soldats prirent au galop la route de Saint-Valery.

Et bientôt les lumières et le clocher de Pourville disparurent à leurs yeux.

———

La nuit s'avançait. Lubin se tournait et

se retournait sur la paille sans pouvoir fermer l'œil. Ce qui l'inquiétait le plus, ce n'était pas la sûreté de la duchesse ni le risque qu'elle courait d'être faite prisonnière par les troupes du roi. Que lui importait, après tout ! mais c'étaient Saint-Ybar et Tracy qui lui mettaient martel en tête. Il avait vu avec grand déplaisir ces beaux messieurs si pimpants regarder sa Suzon, et il avait entendu Saint-Ybar dire à la duchesse : « Quelle jolie suivante vous auriez là, Madame, il la faut emmener avec vous. »

Si bien que le pauvre Lubin, pris d'un bel accès de jalousie, s'en alla vers la cure pour surveiller Suzon.

A sa grande surprise, il vit la porte ouverte, personne dans la cuisine éclairée, et près du feu, sur une chaise, la robe et le bonnet de Suzon.

Inquiet, il ressortit pour voir s'il n'y avait pas de lumière dans la chambre de Suzon : il n'en vit point. Lubin se mit alors à se promener de long en large devant la cure, se demandant ce que tout cela voulait dire.

Bientôt il entendit marcher. Il se cacha derrière un tas de fagots et vit Tracy qui s'approchait en chantant à demi voix une chanson frondeuse :

> N'en déplaise à Son Éminence
> Monsieur Jules de Mazarin,
> Sans barguigner j'aime la France,
> Et je vas tout droit mon chemin.

Le jeune gentilhomme entra dans la cuisine et fit une exclamation d'étonnement. « Personne !» dit-il. « Où sont-elles donc ?»

Il ressortit, regarda les fenêtres, et, prenant une gaule dans le tas de fagots qui lui cachait Lubin, il alla frapper doucement aux vitres de la chambre de Suzon. Bouillant de colère, Lubin allait sauter sur lui, lorsque, la fenêtre s'ouvrant, une tête coiffée d'un bonnet blanc y parut, et une voix de femme dit doucement : «Est-il déjà l'heure de se lever, Monsieur ? faut-il descendre ? »

C'était mademoiselle de Lobel qui veillait près de la duchesse ; mais Lubin n'eut garde de la reconnaître. Le sang lui bourdonnait aux oreilles; sans savoir ce qu'il faisait il arracha une grosse motte de terre et la lança sur le bonnet blanc en proférant un juron effroyable. Mademoiselle de Lobel fit un cri perçant, et Tracy dégaîna. Si un nuage complaisant n'eût à ce moment caché la lune, Lubin recevait un bon coup d'épée, mais Tracy ne transperça qu'un fagot, et Lubin, s'esquivant, passa derrière la maison.

Mais le cri de mademoiselle de Lobel avait donné l'alarme. La duchesse, le curé, la Nicole, furent sur pied en un moment. Saint-Ybar accourut, Lubin le suivit, et on constata la disparition de Suzon et des habits de la duchesse. On se perdait en conjectures. Lubin était au désespoir, et maudissait pêle-mêle Tracy, la duchesse, le cardidal, la lune et le bonnet blanc de mademoiselle de Lobel.

———

Arrivés à une lieue de Pourville, les ravisseurs de Suzon avaient un peu ralenti l'allure de leurs chevaux, et Landry, débarrassant sa captive de son bâillon, et la voyant presque évanouie de frayeur, essaya de la rassurer.

« N'ayez pas peur, Madame la duchesse,» lui dit-il, « vous êtes entre les mains des éclaireurs de l'armée royale. Il ne vous sera fait aucun mal ; vous irez seulement tenir compagnie à Monsieur votre mari et à Messieurs vos frères au donjon de Vincennes. »

« Hélas! Monsieur, « dit Suzon en pleurant, » vous me prenez pour une autre. Je suis Suzon, la filleule à Nicole, servante du curé de Pourville. Laissez-moi m'en retourner cheux nous, je vous en prie. »

« Oh ! le joli conte! « s'écria Landry, » et que voilà bien l'accoutrement d'une Suzon!

Allez, Madame la duchesse, quand même vous seriez habillée en servante, vos beaux cheveux blonds vous décèleraient. Ne vous débattez pas, vous pourriez vous faire mal. Je vous dis que vous serez traitée avec tous les égards possibles, que diable ! »

Mais Suzon, de plus en plus effrayée à mesure qu'on s'éloignait de Pourville, se mit à injurier les soldats et les accabla de tout le vocabulaire d'invectives en usage parmi les harengères de Dieppe, assaisonnant son discours de force coups de poing, et marquant ses ongles sur le visage de Landry.

« Quelle furie ! » s'écria le sergent, qui avait toutes les peines du monde à la tenir et à guider son cheval. « Voilà une princesse qui parle bien normand et qui a des griffes dignes de son bec ; aurais-je pris un merle pour une grive ? me serais-je trompé ? Hé bien, Jacquin, qu'y a-t-il ? »

Jacquin, qui avait pris les devants, revenait à toute bride.

« Voici un carrosse et une dizaine de cavaliers qui viennent, » dit Jacquin, « cachons-nous dans ce bois et laissons-les passer. »

Le bois était bordé d'une haie d'épines. Les soldats essayèrent de s'y frayer un passage à coups de sabre, mais un paysan arrivant à cheval au grand galop leur cria: «Ohé ! les gars, qui vous a permis de tailler nos haies ? »

« Cousin Rolard ! » cria Suzon, reconnaissant la voix, « à moi ! au secours ! les mazarins m'enlèvent. »

« Chien ! » s'écria Rolard, « lâche cette fille ou je t'assomme ! Haro ! à moi, les gars de Varangeville ! »

D'autres cavaliers arrivaient suivis d'un carrosse. Landry ne jugea pas prudent d'engager la lutte, et laissant glisser Suzon à terre il piqua des deux et s'enfuit suivi par ses compagnons en jurant comme un diable.

La lune brillait en ce moment de tout son éclat.

« Eh ! cousine Suzon ! » s'écria Rolard, « sommes-nous au carême prenant ? qui vous a faite si belle ? »

Mais Suzon, criant et pleurant, demandait à être reconduite tout de suite à Pourville. « Les mazarins vont revenir ! » disait elle, « sauvons-nous ! »

« Nous allons à Pourville, » dit Rolard, « et si madame le permet vous allez monter dans le carrosse. »

« Certainement, » dit madame d'Ailly qui avait vu toute la scène par la portière de son carrosse. « Montez vite, ma bonne fille. Allons, cocher, à Pourville, et vite ! »

Et toute la troupe repartit au grand trot.

VI

LE POINT DU JOUR.

La pâle aurore d'un jour d'hiver apparaissait au ciel, saluée par les cris joyeux des mouettes et des goëlands. Le carrosse de la duchesse était prêt, et Tracy et Saint-Ybar la conjuraient de partir. Mais elle ne pouvait se résoudre à quitter Pourville sans avoir des nouvelles de la pauvre Suzon.

« Il est certain qu'elle a été prise pour moi, « disait-elle. « Les trois soldats que mon laquais a rencontrés cette nuit ont dû faire le coup. Attendons encore un peu les hommes que M. de Tracy a envoyés à leur recherche. »

« C'est tenter la Providence, Madame la duchesse, » dit le curé, « que de rester plus longtemps ici : partez, je vous en prie. Je mettrai toute ma paroisse en quête de Suzon. Si elle a été prise pour vous elle sera bien traitée. D'ailleurs, c'est une fille avisée et qui a de l'estoc. »

La duchesse hésitait encore, lorsqu'on signala l'arrivée de madame d'Ailly et de son escorte, et que l'on vit apparaître à la portière du carrosse Suzon triomphante, agitant son chapeau à plumes.

Lubin et Nicole la reçurent dans leurs bras, et l'accablèrent de questions. Mais la duchesse, pressée de partir, l'emmena dans sa chambre pour changer d'habits.

Elles reparurent bientôt, ayant repris leurs vêtements respectifs, et l'héroïne de la Fronde, s'avançant vers le bon curé avec cette grâce charmante qui lui gagnait tous les cœurs, remercia son hôte d'une nuit et lui fit ses adieux, en lui remettant un papier plié. « Vous lirez ceci après mon départ, monsieur le curé, » dit-elle, « croyez que je demeure à jamais votre obligée, et toute vôtre. Et vous, Suzon, venez çà, fillette, que je vous embrasse. Vous m'avez prêté vos habits et votre lit, et, pour tout salaire, vous avez été enlevée à ma place, et fort effrayée. Je veux cependant que vous vous souveniez de moi avec plaisir. Prenez cette bague, Suzon, elle sera votre dot, et Lubin me pardonnera ses émotions de cette nuit ; mais qu'il soit moins prompt à l'avenir, et ne jette pas si vite la pierre aux gens. »

Puis la duchesse monta dans le carrosse avec madame d'Ailly et mademoiselle de Lobel ; Saint-Ybar et Tracy saluèrent le curé et sautèrent en selle ; et voiture et cavaliers s'éloignèrent et disparurent au détour du chemin.

Le curé, Nicole et les deux fiancés rentrèrent au presbytère.

« Que Dieu protége cette aimable duchesse ! » dit le curé, « et puisse-t-elle bientôt rentrer en grâce près de notre bonne Reine ! ce serait trop dommage qu'elle finît mal ! je vais dire une messe pour elle. »

« Mais, Monsieur le curé, » dit Nicole, « lisez donc le papier de Madame la duchesse. »

Le bon curé mit ses lunettes :

« Oh ! « dit-il, » madame de Longueville veut payer son écot. Ceci est un bon. » Et il lut. « Bon pour deux cents fagots et

quatre tonneaux de cidre que mon inten-
dant devra remettre chaque année le
1ᵉʳ mars à Monsieur le curé de Pourville,
en souvenir de l'hospitalité que j'ai reçue
de lui.

ANNE-GENEVIÈVE

Duchesse de Longueville. »

« Voilà qui est bien, et digne d'une princesse ! « dit Nicole. » Et voyons ta bague,
Suzon ! O le beau diamant ! Je suis sûre
qu'il vaut bien mille livres, te voilà dotée
du coup. Tu peux te marier, ma filleule,
je danserai à ta noce, et je te donnerai un
joli trousseau. »

Nicole tint sa promesse, et le jeune
ménage fut heureux. Le bon curé vécut
encore longtemps et jusqu'à la fin de sa
vie reçut exactement chaque année les
quatre pièces de bon cidre et les fagots
récoltés sur les terres du duché de Longueville.

Quant à la duchesse, elle s'embarqua

secrètement quinze jours après son départ de Pourville, et passa en Hollande et de là à Stenay. Sa vie d'aventures et d'intrigues dura encore quatre ans, puis la guerre de la Fronde étant finie, madame de Longueville se retira du monde et passa les dernières années de sa vie dans la dévotion janséniste, car elle était de celles qui aiment en toute chose l'extravagance et la nouveauté, et ne savent point se plaire aux ordinaires destinées.

J.-O. Lavergne.

192 — Abbeville. — Typ. et stér. Gustave Retaux.

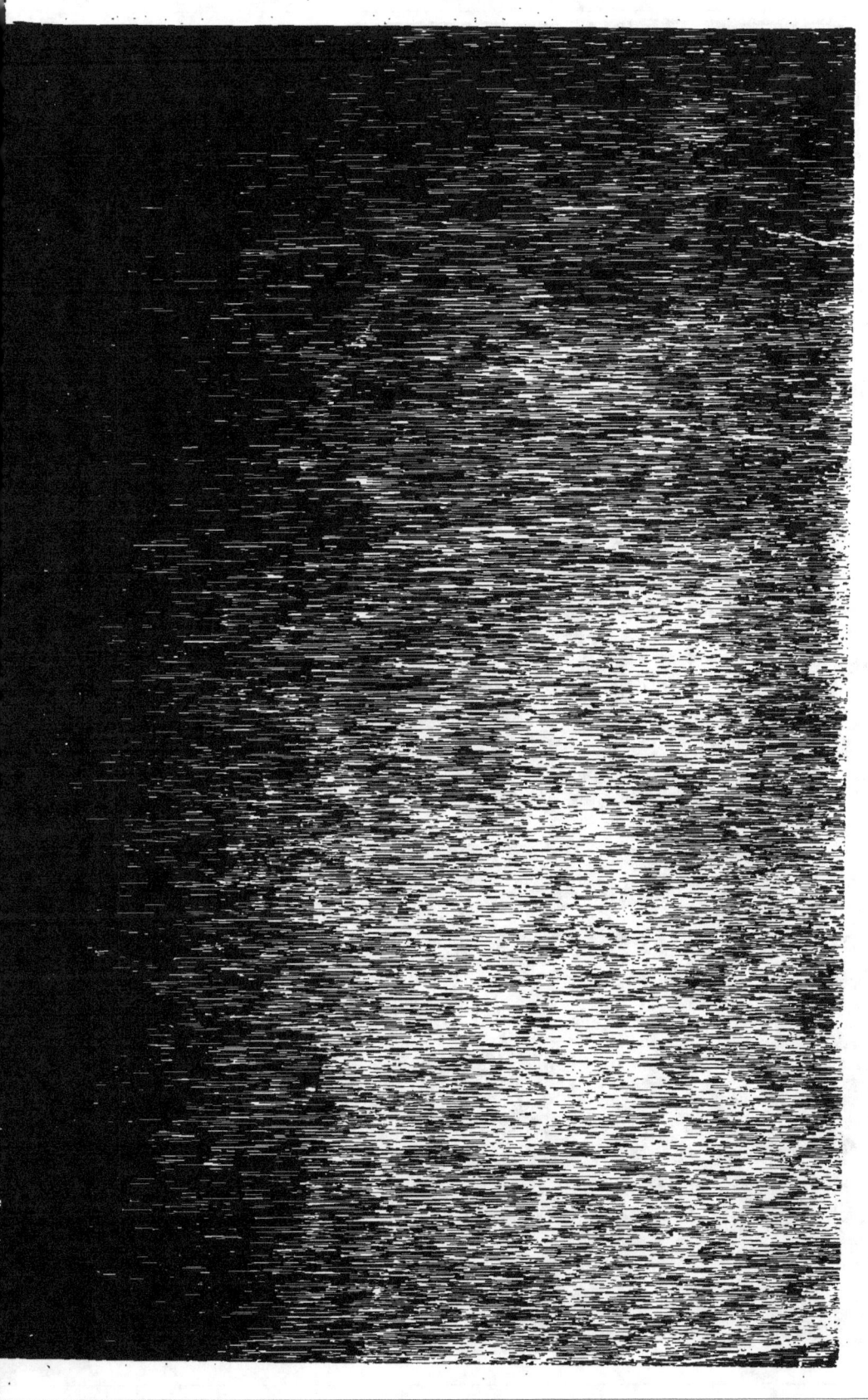